稻草人托马斯

[德]奥得弗雷德·普鲁士勒/著   王燕生/译

图书在版编目（CIP）数据

稻草人托马斯 /(德) 奥得弗雷德·普鲁士勒著；王燕生译.
-- 南昌：二十一世纪出版社集团, 2017.1
ISBN 978-7-5568-2154-9

Ⅰ.①稻… Ⅱ.①奥… ②王… Ⅲ.①童话-德国-现代 Ⅳ.①I516.88

中国版本图书馆CIP数据核字(2016)第185879号

Preußler / Holzing, THOMAS VOGELSCHRECK

© 1958 by Thienemann Verlag (Thienemann Verlag GmbH), Stuttgart / Wien.

版权代理：北京华德星际文化传媒有限公司

稻草人托马斯　　[德] 奥得弗雷德·普鲁士勒/著　　王燕生/译

策　　划	张秋林
责任编辑	孙　迎
装帧设计	赵　峰
出版发行	二十一世纪出版社集团（江西省南昌市子安路75号　330009）
	www.21cccc.com　cc21@163.net
出 版 人	张秋林
经　　销	全国各地书店
印　　刷	南昌市红星印刷有限公司
版　　次	2017年1月第1版　2017年1月第1次印刷
印　　数	1～10000册
开　　本	889mm×1260mm　1/32
印　　张	2.75
字　　数	40千字
书　　号	ISBN 978-7-5568-2154-9
定　　价	15.00元

赣版权登字—04—2016—778
版权所有，侵权必究
如发现印装质量问题，请寄本社图书发行公司调换，服务热线：0791-86524997

我给你讲一个关于稻草人托马斯的故事,
这个故事你不知道,
但是我知道。

当你读完了这本书的一半以后,
你就知道了,
关于稻草人托马斯故事的一半。

假如你继续读下去,
读到最后一页,
那你就知道了故事的全部。

好了,开始读吧!

目 录

再见，稻草人托马斯！/9

困境中助一臂之力/20

中午小，晚上大/27

谁比谁好啊？/34

天气的烦恼/42

雨会变魔术/48

黑暗中的声音/52

世界这么大呀？/58

各种各样的意外惊喜/65

真倒霉！/72

几乎是一个奇迹/77

最后的故事/81

再见，稻草人托马斯！

"哇，这些麻雀！"早春的一天，农夫托比亚斯·佐默尔科恩吃中饭时骂道。此时七个人围坐在大饭桌旁，喝着汤，他们是：农夫和他的老婆，他们的两个孩子西蒙和乌泽尔，雇工古斯塔夫，弗兰齐丝卡姑妈和有时在他们家帮忙的邻居雷奈。

"哇，这些麻雀！"农夫骂道，"它们会把我们地里的菜全部吃光的！我们该想想办法了……古斯塔夫，你知道我说的是什么意思吧？午饭以后你去田里竖一个稻草人。西蒙和乌泽尔会帮你忙的。"

"好的。"古斯塔夫说。

吃完饭他马上就把做稻草人所需要的东西全部装在拖拉机上,然后他们一起出发了。

当他们来到菜地时,在他们面前飞起一群乌鸦、麻雀和乌鸫。

"它们又把我们的菜吃了!"西蒙说,"我们现在把它们赶跑!"他们准备把稻草人竖在田地中央。古斯塔夫首先把一根耙杆竖着插在地里。他把周围的土踏实,然后在西蒙的帮助下又在耙杆上横着绑了一根榛子树棍。

这是稻草人的骨架。看上去像是一个十字架。

现在他们给稻草人的木制骨架穿上外衣——他们在家里找到的一件最旧的男式外衣,胳膊肘的地方破得都露了天,其他地方也是补丁摞补丁,尤其后背和胳肢窝底下。

古斯塔夫用草把扎了个脑袋。

在此期间孩子们取来了帽子。

"帽子合适不合适?"西蒙问。

"肯定合适!"古斯塔夫说。

帽子是他的。他早就想把它烧掉。幸好他总是忘记

这件事！这顶帽子对稻草人来说再合适不过了。

"太棒了！"乌泽尔大声喊道，"帽子正合适！现在我们只要再给稻草人的脖子上系一条红围巾——就完了！"

"没完全完！"古斯塔夫说。

"没完全完？"乌泽尔问，"除了红围巾还缺什么？"

"最重要的。"古斯塔夫说。

最重要的是六个空罐头盒。西蒙和乌泽尔用绳把罐头盒三个三个地捆在一起，然后挂在稻草人的胳膊上，左边三个，右边三个。

"刮风的时候，"古斯塔夫解释说，"那些罐头盒就会叮叮当当作响，然后麻雀乌鸦们就吓跑了，你们觉得怎么样？"

兄妹二人和古斯塔夫从四面八方把稻草人仔细地打量了一番。

"我很喜欢这个家伙！"西蒙说，"一个真正的草鬼。看它站在那儿的样子——帽子戴在脸上，两只胳膊伸得开开的……我们做得太棒了！"

"是的，"乌泽尔认为，"但是它也还需要有一个名

字。你们不认为它需要一个名字吗?"

"你说得有道理,"西蒙说,"我们给它起个名字……"

"起什么名字好呢?"乌泽尔问。

"我们给它起名字——就叫稻草人托马斯吧。"

乌泽尔同意，古斯塔夫也同意。

他们回家之前，西蒙拍拍这位"草鬼"的肩膀，说：

"再见，稻草人托马斯！我希望，你知道你的名字所担负的责任！"

困境中助一臂之力

稻草人托马斯很为它的任务骄傲，还有孩子们给它起的这个好听的名字。当它这样矗立在田地中央时，它觉得自己就像一个国王似的。

它的领地就是菜地。那许多菜是它的臣仆。它们毕恭毕敬地站在它面前，排成长长的笔直的一行又一行。它满心欢喜地从上边往下看着它们，心里想："我要麻雀、乌鸦和乌鸫离你们远远的。今天、明天，直到永远。我在这里站岗，我的名字叫稻草人托马斯！"

很快又有一批鸟儿呼啦啦地飞了过来。但是它们不敢落到这片菜地上，因为它们看见稻草人托马斯站在那里。它们落在了田埂外边,它们骂了起来。

"这是谁呀?"它们骂骂咧咧地问道。

"它要站在这儿好长时间吗?让它见鬼去吧!"

它们的每句话稻草人托马斯都听懂了。虽然它自己不会说话,但是人和动物说的话它都明白。鸟儿们生它的气,它却觉得很开心。

"它要是回家去就好了!"

"难道它在这儿扎了根?"

"简直不敢相信!"

"这个家伙看上去很危险。但是它总不能永远站在这里看着呀……"

"能,"稻草人托马斯心里想,"它能!你们会发现的。"

"嗨,真是的!"突然一只小麻雀喊了起来,它忍不住了,"这里有什么不对头的地方!为什么它在那儿一动不动呢?也许它睡着了?"

"应当去看看是怎么一回事。"第二只麻雀说。

"来,"第一只麻雀建议道,"我们去看看!逃跑我们总是可以的……"

稻草人托马斯看见两只麻雀走了过来。它们不自信地一跳一跳地靠近了,越来越近。它真想把它们吓跑。可怎么吓呢?它甚至连头都不能晃一下。太糟糕了。

"它发现不了我们!"麻雀们尖声叫着。于是它们三跳两跳就来到了稻草人身边。

"我们去叫其他的麻雀来吧,你说呢?"

"好的,我们喊吧!"

"嘿,那边的!你们过来呀!你们等什么呢?"

"这个家伙不是瞎子就是哑巴!"

"或者又瞎又哑!"

"反正我们用不着怕它!"

田埂上的鸟儿们都起飞了。

稻草人托马斯吃惊地看到它们呼啦啦地飞了过来。它该怎么办呢?它一筹莫展!它既不会喊叫,也不会动手。它只能默默地直挺挺地站在那里。

"我这个可怜的笨蛋!"它伤心地想,羞愧得无地自容。

这时发生了一件意想不到的事:来了一阵风。

风儿只鼓了一下腮帮子,稻草人胳膊上挂的那些空罐头盒就开始丁零当啷地响了起来。声音很大,稀里哗啦的,就好像一大堆铁桶和锅盆倒了下来一样。

这就足够了!

鸟儿们惊吓得都飞跑了。那两只麻雀逃得最快。顷刻之间这伙放肆的家伙便消失得无影无踪了。

这时稻草人托马斯高兴极了。

"这下子你们知道菜地的主人是谁了吧,"它心里想,"我是菜地的主人!"

中午小，晚上大

稻草人托马斯在菜地里站岗已经好几天了。这期间鸟儿们对它已经非常敬畏了。只是偶尔会有几只特别调皮的麻雀敢于飞到菜地上。但是只要微风稍稍一吹，金属罐头盒哗啦啦一响，它们马上就逃跑了。

"我和风！"稻草人托马斯想，"我们俩搭配得多好啊。我需要风，风需要我。如果没有我的罐头盒它能干什么呢？另外它是看不见的。而鸟儿看得见我，因为它们看得见我，所以它们就害怕我！"

稻草人很想知道自己长得什么样，这不奇怪吧？遗憾的是，它自己看不见自己。

尽管如此，它虽然没有可以照见自己的镜子——但是它有影子！

这是一个美好的下午，三四点之间，太阳已经斜照在稻草人托马斯的身后。它刚刚睡了一会儿，当它醒来的时候，平生第一次发觉它有影子。

"你看啊！"稻草人托马斯心里想，"这难道是我吗？——真的，是我！我身上最漂亮的是帽子。多么漂亮的帽子！另外我长得也很好呀。看我往这儿一站，两只胳膊一伸……有多帅！"

它不知疲倦地看着自己的影子，赞叹着。"是啊，现在我明白了，为什么人们尊敬我！"它对自己说，为此感到十分幸福和骄傲。

天上的太阳渐渐西沉。时间越晚，它降得越低。它降得越低，东西投下的影子越长。稻草人托马斯也发现自己的影子长了一截。

"这可能吗？"它感到非常惊讶，"不，这绝不可能，没有这样的事！一定是我搞错了。"

但是它没搞错。它的影子确实长了一截，而且让这个好心的稻草人托马斯感到惊喜的是，这个影子还在不停地变长!

这一点稻草人托马斯就搞不明白了。

"是不是我也在长啊?"它思考着,"是的,肯定是!如果我的影子长,我肯定也长。太奇妙了!"

当太阳落山的时候,它的影子就有半个菜地那么长了。

"我要记住影子长到哪儿了,"稻草人托马斯下定决心,"就是说,明天早晨我要注意看看我是否继续长个子。我觉得,我现在正处在成为巨人的大好时机下。太开心了!以后大家都会叫我巨人稻草人!"

但是第二天早晨稻草人托马斯的期望落了空。虽然太阳依旧照耀着,但是昨天下午太阳照的是稻草人托马斯的后背,而现在照在了它的脸上。

"噢,原来如此!"它心里想,"影子投在了我身后,因为太阳站在了我前面。假如我能转过身,我不就看见我的影子了吗。对——转过身去!"

遗憾的是,稻草人托马斯转不了身。它不得不耐心地等到中午的钟声敲响以后,当太阳越过它的头顶时,它的影子才再次出现。影子慢慢地从稻草人托马斯脚下

爬了出来——不过小得可怜。

"它今天怎么这么小啊!"稻草人托马斯目瞪口呆地想着,"这是什么意思?这么一天的工夫我就从一个巨人变成了一个侏儒?——嚯,现在它又开始长了……"

影子真的又长了!它长啊,长啊,像昨天一样。到了晚上它再一次长得超过了半个菜地那么长。

从这时开始,稻草人托马斯的影子天天是中午小,晚上大。

"这太神奇了!"稻草人托马斯暗自对自己说,"太神奇了!"

它也只知道这么说。

谁比谁好啊？

　　太阳不是每天都出来。天上常常有云彩，把它遮住了。

　　稻草人托马斯喜欢云彩。看云彩让它非常高兴。有些云彩完全是透明的，有些就像棉花糖，还有的像粗麻布。有的云彩看上去像是人或者动物，其他的则显现为各种各样的景色。有时云彩堆积成高高的山脉。有时云彩慢慢地散开，就好像牛奶混合在水里。它们一会儿像羊群那样静静地迁移着，一会儿又像在天空奔驰的野马。

　　稻草人托马斯可以几个钟头几个钟头地在那里观察

云彩，一点儿也不觉得无聊。但是一旦有人来到它身边时，它更愿意看着人。

那位农夫时不时来看看他种的菜。每天他都开着拖拉机路过这里。有时拉着粪车，有时也带上粪肥桶。但是大多数情况下是为他圈养的牲畜弄来青饲料。他是从菜地后面的草场上弄来的青饲料，稻草人托马斯看到他挥舞起长柄大镰刀，再用叉子把它们装上车。

有一天下午，西蒙和乌泽尔也来了。弗兰齐丝卡姑妈跟在孩子们后边，他们三个人肩上扛着长柄锄头。

"嗨，怎么样，稻草人托马斯，"男孩问道，"你在这儿怎么样？"

因为稻草人托马斯不会回答，西蒙自己给了答案：

"你比我们好多了！——为什么？——你只要站在这儿，就完了。而我们俩，乌泽尔和我，我们上午得上学，读书，写字，算算术，我们脑袋都大了——下午放学以后……"

"下午爸爸派我们到菜地除草！"乌泽尔叹了口气。这时弗兰齐丝卡姑妈被逗笑了。

"哦，我的天哪，多么可怜的苦孩子啊！"她说，

"现在他们已经嫉妒稻草人啦!"

"是啊!"西蒙说,"我真想立刻就跟这个稻草人换一下!"

"我才不跟你换呢!"稻草人托马斯心里想,"我非常喜欢站在这块菜地里。无论如何我也不愿意离开这里。"

弗兰齐丝卡姑妈一边听着西蒙说话一边摇头。"现在开始干活儿吧!"她喊道,"我锄第一排,乌泽尔第二排,西蒙第三排——注意,把地锄松点儿!"

稻草人托马斯看着弗兰齐丝卡姑妈和孩子们用锄头把地锄松,把杂草锄掉。

"但愿他们别不小心把菜也锄掉!"它想。

因为它对它的菜很是担心,所以它的眼睛一秒钟也不离开这三个人。它没发现天空已经渐渐暗了下来。当一大滴雨点重重地打在它的帽子上时,它才发现糟糕了。

"下雨啦!"孩子们大声喊起来,"下雨啦!"

弗兰齐丝卡姑妈和乌泽尔赶忙把围裙遮在了头上,西蒙竖起领子。然后他们扛起锄头赶快跑开了。

但是稻草人托马斯依旧站在那里。

现在不仅仅是下雨,而且是瓢泼大雨。很快它就湿透了,它的帽子完全变软了,从袖子里边往外流水。披在榛子树枝捆绑的支架上的外衣已经湿透了。雨水敲打着金属罐头盒。"天哪!"稻草人托马斯想,"不知道那些孩子现在是否还嫉妒我。我要是有两条腿该多好啊,下雨之前就能跑掉!"

天气的烦恼

时间一天一天地过去,有时晴天,有时下雨。遇上下雨这种日子,稻草人托马斯不得不忍受着。头一天稻草人托马斯被淋湿了,第二天又干了。风和太阳刚把它弄干,很快又开始下雨了。真叫人厌烦。

"我觉得雨下得太多了!"稻草人托马斯想,它希望雨水下到别的地方去。

也许这纯粹是偶然,反正接下来的三个星期真的不下雨了。稻草人托马斯感到非常高兴。"假如一点儿雨也不下了那才好呢!"它想——看上去它的愿望就要实现了。太阳从早到晚闪着金光,一刻也不停。炎热和干旱笼罩着大地。

稻草人托马斯喜欢这样。在这种天气里它感到一天比一天更加舒适。它觉得生活从来没有这么美好过。

只是种的那些菜令它担忧。也就是说,最近一段时间它们看上去苍白无力,像是生病了。叶子耷拉了,开始发蔫了。它们的样子变得越来越可怜了。这是怎么回事呢?稻草人托马斯为此绞尽了脑汁。"它们生病了……"它想。但是它想不出来生了什么病——也许农夫知道?

这种情况农夫托比亚斯太了解了。

第二天他带着古斯塔夫来了。他们下了拖拉机,一脸严肃地站在田埂上。稻草人托马斯听见农夫说:

"真烦人,没有一点儿要下雨的样子!这么热的天菜都快干死了。这种天气真让人绝望!"

"这些菜坚持不了多长时间了,"古斯塔夫说,"得给它们浇水。"

"必须这么做,"农夫托比亚斯皱着眉头说,"可用什么浇呢?我们的水井里几乎没水了。圈里的牲畜也渴得要死。"

"我知道,"古斯塔夫咕哝着说,"如果不马上下雨的话,后果不可想象。"农夫托比亚斯·佐默尔科恩点头表示同意。

"这么下去,我们大家就都像这些菜的样子了。"他说。

稻草人托马斯吃惊地看着这两个男人。它很震惊。现在它知道这些菜出了什么问题。

"我真该打自己一记耳光!"它想,"那些可怜的东西都快渴死了——而我还为好天气高兴呢。我多么愚蠢啊!"一个可怕的预感向它袭来。

"我这个老笨蛋还让雨水下到别的什么地方去呢!不下雨很可能就赖我。肯定是我的过错。啊,亲爱的

雨,原谅我吧!求求你了,原谅我吧!"是的,稻草人托马斯后悔曾经许愿让雨水下到别的地方去,特别地后悔。但是迟来的后悔又有什么用呢?

大概还得等两三天。它极端恐惧地度过了长长的两天。它看见菜迅速地、越来越迅速地蔫了下去。面对这种景象它丧失了一切希望。

第三天的早晨,远处暴风雨终于来临了。

天际乌云滚滚。乌云缓慢地、非常缓慢地临近了，挡住了太阳。然后就开始下雨了。

"谢天谢地，可下雨了！"稻草人托马斯心里想，"我要是淋湿了怎么办？没关系！使劲儿下吧，亲爱的雨，使劲儿地下吧！"

雨会变魔术

雨下的时间不特别长,也许有一个小时。可稻草人托马斯非常惊讶,就这么一个钟头的时间,田里竟然发生了巨大的变化。

土地变成了黑色,而且还冒着水汽。一行行的菜垄之间闪烁着晶莹的水滴。菜又直立了起来。它们看上去就像新的一样,雨水把它们叶片上的灰尘洗去,湿润干净得闪闪发光。

"一下子它们又变得这么新鲜了!"稻草人托马斯想,"雨会变魔术!它把我的菜变得又绿油油的了。我一定不会忘记它的恩德!"

将来只要有雨,稻草人托马斯都会耐心地让它下个痛快。幸好从现在开始下雨的情况还不少。

但不总是这种短暂而又猛烈的瓢泼大雨。下雨也可以不同!有一次阴雨连绵,白天黑夜哗哗不停地下,一连几个小时。

又有一次,雨下得非常非常小。小得人们一点儿声音也听不见,因为雨滴比灰尘的颗粒还小还细,就像下雾一样。

还有一次,下雨时电闪雷鸣,把个稻草人托马斯吓得够呛。

"就像世界要灭亡似的!"它想,"如果闪电击中我怎么办?但愿我能挺过这鬼天气!"

稻草人托马斯战胜了这场雷雨,比它想象的要顺利——它甚至应该感谢所受到的惊吓。

轰隆隆的雷声刚过,又出现了神奇的现象。

雨还在下着,太阳就从稻草人身后钻出了云层。天空中现出一道彩虹,七色的光芒笼罩着大地。

"太美了！"稻草人托马斯想。

这让它感到既高兴又轻松——高兴轻松得转眼之间就忘记了刚才的电闪雷鸣。稻草人托马斯该对这样的天气满意了。在这种一会儿阴一会儿晴的不断变换中，田里种的蔬菜生长得非常茂盛——每当古斯塔夫开着他的拖拉机沿着田间小道驶来时，他都高兴地朝着稻草人托马斯点点头，嘴里吹着口哨。卷心菜长得多茂盛啊！菜上已经有了肥厚的叶片和粗壮的梗。终于要开始长菜头了。

最初菜头长得很小，稻草人托马斯几乎没有发现。很快就人人都能看见了。它们在菜梗上长得很紧，很圆，被大大的叶片包裹着。

"好，很好！"稻草人托马斯满意地想着，"只要这样长下去，秋天一到，你们肯定会长得像人的脑袋那么大了！"

可是到那个时候还需要好长一段时间呢。夏天才刚刚开始，在直到秋天的这段时间里，稻草人托马斯在它的菜地上还会经历种种事情。

黑暗中的声音

傍晚时分，太阳渐渐西沉，它给田野和草地披上了一件金黄色的外衣。蚊子在卷心菜地的上空嬉戏。夜莺在空中唱着它们的夜曲。蟋蟀们发出嘶嘶的鸣声。

稻草人托马斯的脑袋昏昏沉沉的。它困得迷迷糊糊的，其他的什么也顾不上想了。突然它听见身后有什么东西在簌簌作响。这时它又清醒了。

"什么东西在那儿簌簌作响？"它心里想，"是风吗？或者是孩子们来拜访我？"都不是，稻草人托马斯猜错了。

因为现在它从发出簌簌声响的地方听见了两个声

音。它们互相轻声低语着。这是两个完全陌生的声音。稻草人托马斯马上就发现了:"这不是人的声音——也不是鸟儿的声音。"

那会是什么在那儿说悄悄话呢?稻草人托马斯不知道。它全神贯注地听着那两个在说什么。

"小心!"第一个声音提醒道,"那儿站着一个人!你看见没有?"

另一个声音回答说:"算了吧!那不是真的!"

"你从哪儿知道的?"

"它要是真的话,身上肯定有股气味。可它散发的只是一种陈旧的草味。"

稻草人托马斯越来越好奇了。遗憾的是它不能朝这两个陌生的家伙转过身去!

"等等!"它想,"也许它们会到另一边来。"

于是它等着,那两个说的话一句也不漏过。

"这个挺好吃!"一个声音说。

"那太好了!"第二个声音说,"要是冬天也能吃到这么美味的东西就太好了!一到冬天我们总得啃树皮。"

"唉,树皮!"第一个声音哀叹道,"人类甚至连那个东西也不肯赏给我们!他们很吝啬。"

"还很坏!一定要当心他们。去年秋天一个人从树林里走过,他肩膀上扛着这么长的一个东西。我相信,那是铁做的。上边也有木头,还有根皮带。你知道他拿那个东西干吗了吗?"

"我怎么知道呢?"

"他把那个可怕的东西夹在下巴颏上——然后砰的一声!一道闪光,一声巨响!我那可怜的表兄弟就

死了……"

"真可怕!"第一个声音说,"别说了,否则我就倒胃口了。"

之后很长一段时间稻草人托马斯只听见窸窸窣窣的声音。看来这两个陌生的家伙很喜欢吃卷心菜。四周天色已经暗了下来,稻草人托马斯心里说:

"如果它们不马上到另一边来,在黑暗中我就什么也看不见了。要是能转身就好了!然后我马上就会知道,它们是谁了……"

稻草人托马斯后来也知道它们是谁了。因为那两个突然又开始悄悄地说话了。这一次相当激动。

"小心,过来了一条狗!我一闻就知道。"

"我也闻出来了……"

"怕什么就偏偏来什么!只有离开这里了!"

卷心菜发出了沙沙的声音,在稻草人托马斯身旁嗖地闪过两个长长的影子,在它身边一左一右。

稻草人托马斯在两个影子上看见一点儿白色的东

西。那个白色的东西很小，在后边屁股的部位。它们忽地一下子就跑掉了，消失在黑暗之中。

不一会儿从卷心菜地里跑来一条狗，狂叫着。它也从稻草人托马斯身边嗖一下子跑了过去。

但是很快它又站住了，愤怒地朝着黑暗处吼叫：

"汪，汪，汪！今天遗憾地让你们给我跑掉了，你们这帮小坏蛋！汪，汪！你们等着瞧！有一天我会把你们逮住，然后就少了两只兔子！汪，汪，汪，汪汪！"

世界这么大呀？

第二天晚上兔子又来了——这一回稻草人托马斯可以好好地观察它们了。

它们跳过来跳过去，然后蜷着身子原地坐下，一点儿一点儿地啃着卷心菜的叶子。这期间它们还抬起前脚，端坐在后脚上，竖起两个长长的耳朵。它们还会疑心地望着风闻一闻。

稻草人托马斯觉得挺有意思。

"虽然它们啃了我的卷心菜，"它想，"但是我情愿让它们啃。就算我和它们只有这一点点来往，可是多么快乐呀。但愿它们常常来这里！"

从这时起,兔子们几乎每天晚上都来,在菜地里美美地饱食一顿。有时也会跑来一些其他的动物。

猫跑来捉老鼠。蜗牛在地上爬。甲虫和蚂蚁敏捷地爬来爬去。偶尔还会有青蛙从旁边跳过。天好的时候,蝴蝶会在稻草人托马斯的头顶上翩翩飞舞:有白的,有黄的,还有花的。

有一天,几只母鸡误入了菜地,西蒙和乌泽尔又把

它们赶出去了。真有意思。

还有一次,一个蜘蛛把它的网结在了稻草人托马斯的帽檐上,就像一条精细的面纱挂在了它的脸上。清晨,晶莹的露珠在蛛丝上闪闪发光。白天,蚊子和苍蝇都被粘在了网上。看,它们在那儿挣扎呢!后来风把蜘蛛网吹坏了。

有时还会有谁来拜访稻草人托马斯。

它既不是走来的,也不是飞来的。尽管如此,它从

来没有停止夜晚在天空出现。

它一会儿是圆圆的,像一个银币,一会儿又是细长的,像一把镰刀。

它从天上朝稻草人托马斯看下来,问道:

"嘿,稻草人托马斯,你一直在站岗吗?站这么长时间了,你不觉得无聊吗?唉,假如人这辈子老待在一个地方不动窝,肯定很糟糕。你真让人同情。我至少可以给你讲讲故事。"

每到夜晚,只要月亮朝下边看的时候,它就给稻草人托马斯讲一个故事。

它从旅行中了解了整个世界。它对世界了解得一清二楚,它知道好多故事,多得稻草人托马斯根本不可能全记住。

月亮讲到了遥远的山脉,讲到了住着熊的树林,还讲了很多陌生的国家和城镇的奇闻趣事。它到帐篷里去看过印第安人。月亮还给它讲了萨哈拉大沙漠,讲了非洲的黑人,还有爱斯基摩人和中国人。它知道火地岛,尼尔河,七大洋,上面航行的船只是远洋轮船,帆船和摇摇晃晃的渔船。

"世界这么大呀？"每听一个故事，稻草人托马斯都会这么想。

听月亮讲故事的时候，它有时也会变得很伤心。它渴望离开这块小小的土地，到广阔的世界去。于是它一睡觉就会梦到，它可以陪伴月亮去旅行了。

各种各样的意外惊喜

一天早晨,稻草人托马斯从睡梦中惊醒。震耳欲聋的隆隆声把它吓醒了。最初它害怕得要命,后来就笑了。

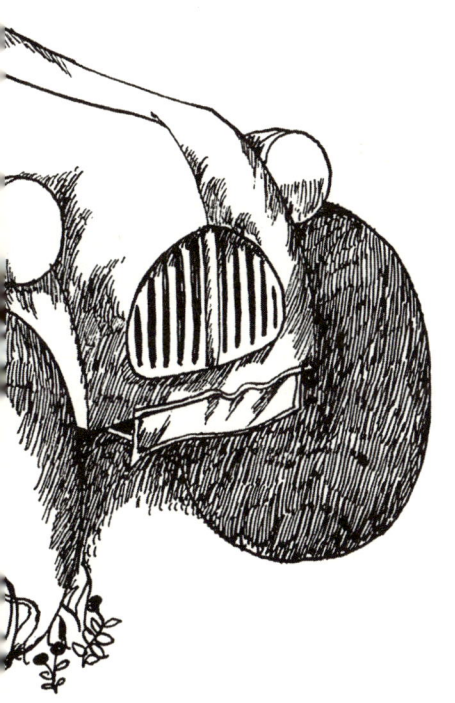

是什么东西这么粗暴地将它弄醒了呢？拖拉机！

在拖拉机的驾驶座上坐着农夫托比亚斯。他的左边，副驾驶座上是古斯塔夫。西蒙和乌泽尔、农夫的太太、弗兰齐丝卡姑妈和邻居家的雷奈坐在后边的拖车里晃来晃去。他们垂着双腿，西蒙还开心地晃着他的草帽。

"瞧！"稻草人托马斯心里想，"他们大概是一家人出来玩吧？可是他们在拖车后面拖着这么一个罕见的红黄色的东西干什么呀？"

很快它就明白了。

他们后边拖着的这个红黄色的东西是个收割机。农夫开着拖拉机带着他的一伙人转来转去不是为了寻开心，完全相反！今天对他们来说是个尤其需要努力工作的日子——收割庄稼的时间到了。

下午直到很晚了，稻草人托马斯都能听见从田里传来拖拉机的隆隆声。它听见收割机持续发出的啪啪声。它看见妇女、儿童和雇工们在地上捡拾禾秆，打捆，然后将它们一排一排地竖立起来。

他们几乎没有午休。只是乌泽尔有时跑到停放在田边的拖车那儿去，拿来一个大水壶。然后他们轮番喝水。大家都喝完了，乌泽尔再把它放回原处，继续工作。

晚上当他们浑身湿透晒得黝黑地回家时，甚至西蒙也不再想挥动帽子了，他累得要命。

劳动换来的是庄稼地上那一长排一长排的禾束捆。

"它们真有福气！"稻草人托马斯想，"大家结伴在一起肯定比一辈子孤零零地站在这儿要快乐得多。"它看着地里那些禾束捆，看着看着就有点儿厌恶它们了。

"算了吧，"它继续思考着，"你只要再仔细看看这些家伙，它们甚至连件衣服都没穿。这些一无所有的家伙，没有一个脑袋上戴着帽子！"稻草人托马斯的帽子绝对是它身上最漂亮的东西。对于一个稻草人来说几乎太气派了。

一天早晨，尘土飞扬的田间小路上走来一个流浪汉，当他看见稻草人托马斯时喊了出来："天啊，简直不可能！这个小子有顶帽子，比我的好多了，漂亮多了！"

"那当然喽！"稻草人托马斯很得意地想。这个流浪

汉羡慕它的帽子,让它感到很高兴。

但是后来发生的事情让它有点儿高兴不起来了。这个陌生人朝稻草人托马斯走来。他嘲讽地对着它鞠了一

躬，说：

"你大概不会反对吧，亲爱的，如果我们两个人换换帽子。当然不会反对！"

稻草人托马斯生气极了。可生气能帮它什么忙呢？

流浪汉一下子就摘掉了稻草人托马斯的帽子，把他自己那顶破帽子戴在了稻草人托马斯的头上。"多谢啦！"他笑着大声说，"我希望你喜欢！"

他又鞠了个躬，然后就兴高采烈地吹着口哨朝村里走去。

稻草人托马斯最后看见的是它自己那顶被流浪汉戴走的漂亮帽子。

真 倒 霉！

是因为月亮给它讲的那些故事吗？还是流浪汉的帽子的过错？稻草人托马斯觉得一天比一天悲伤，它一辈子都要站在这块菜地上。它多想去旅行啊。

兔子们迈开它们那长腿，想去哪儿就去哪儿。鸟儿们在空中飞来飞去。云彩在天空从一边漂移到另一边。认识的和不认识的人从它身边走过、跑过、开车驶过。它望着他们大家的背影，羡慕他们。

甚至连那些禾束堆都比它强。几天以后它们就被装上车，农夫托比亚斯·佐默尔科恩在前边挂上拖拉机——它们就上路去旅行了！

在这些日子里，满载收获的车子离开田地，在所有的道路上摇摇晃晃地朝着村庄驶去。

这时从留在地里的庄稼茬儿上吹来一股风。

风还会不时地卷起一根根枯秆，把它们带走。

稻草人托马斯希望在自己身上发生一个奇迹。纹丝不动地在这里站岗它受够了，最好是赶快溜之大吉，离开这些愚蠢的卷心菜头，走得远远的！

"唉，"稻草人托马斯又忧伤地想，"我这是怎么啦？我知道得一清二楚，我必须留在现在这个地方。"

有一天，西蒙带着乌泽尔和几个朋友来了。孩子们事先用花纸扎好了一只风筝，他们在只留下了庄稼茬儿的地旁将它放了起来。

风筝越飞越高。它有一张大嘴，一个红鼻子和一双圆圆的大眼睛。它欢快地摇晃着它那纸尾巴，朝着下边的稻草人托马斯狞笑着，好像要对它说：

"看看我！没有翅膀我也能飞！干脆就让风带着我飞上天吧。我能看到很远很远的地方，你觉得呢？"

"风！"稻草人托马斯在想，"风可是我最好的朋友。它多次帮助过我。它吹得罐头盒叮当响，每次下完雨它

都把我的湿衣裳吹干。——风这次也许能帮助我?"

风很同情稻草人托马斯,用不着它来请求。

风做什么了呢?

它从庄稼地那边吹来一阵风,让稻草人托马斯的衣裳鼓了起来,鼓得像帆一般。

这时稻草人托马斯高兴极了。

"你就尽管吹吧,"它想,"吹吧!我已经发现我变得越来越轻了。只差一点点,我就像风筝一样飞起来了。尽管吹吧,吹吧!"

它真的相信马上就要飞起来了。

它飞起来没有?

没有,太恐怖了!稻草人托马斯正在想,现在它成功了——结果它失去了平衡。哎呀。它来了个嘴啃泥。

它无助地趴在了地上,卷心菜地的中央。

稻草人托马斯甚至连挣扎的力气都没有。它就那么趴着。要不是西蒙和乌泽尔发现了它,把它重新竖立起来,那谁也不知道以后会是什么样。

几乎是一个奇迹

秋天来了。白天明显地变短了。经常下雨，天也凉了。稻草人托马斯有时候冷得直发抖，而且不仅仅是在雨天！

当中午天上有太阳的时候，太阳还能给它一点点温暖。可是早晨和傍晚时分太阳就给不了它温暖了。稻草人托马斯渴望地看着燕子和椋鸟，它们成群结队地向南方迁徙。它多想跟它们一起飞呀！

有时空气清澈得像玻璃一样，可也经常散发着一点点烟雾的气味，像是烤土豆的味儿。

对于稻草人托马斯来说这又是一种新的消遣，它期望地等待着缕缕烟雾的出现。它看见烟雾一会儿这儿一会儿那儿地从田地上袅袅升起。当它这样观看着它们的时候，心里一直在暗暗许愿：

"我希望自己能像烟雾这样轻盈！那我就可以升上天空了。在那上边风就会吹着我跑，就像吹着一片云朵那样……当初风吹过来本是好意，可是对它来说，我太重了。这不是它的过错。"

稻草人托马斯现在也不相信它的愿望能实现了。这个希望它早就放弃了。尽管它一再渴望飞向远方，但是现在它知道了：

"一切都是徒劳。如果不来个第二次嘴啃泥，我就满足了。"

然而一天早晨，看上去就像是一夜之间在它身上发生了奇迹似的。

"天哪！"当它这天早晨醒来环顾四周的时候，心里突然闪过一个念头，"我大概是在做梦吧？我根本就不在菜地上了！我在——我在云彩里……"

不对，稻草人是不做梦的。

四周的田地消失不见了。它自己的身体直到肩膀上

边都插在了乳白色的浓烟中,只剩下它的脑袋还在烟雾之外。

"现在我一点儿也不明白了!"它想,"这可以理解吗?我怎么一夜之间就到了云彩里?这事太蹊跷了……蹊跷不蹊跷反正都一样!现在我也要从上边往下看看地球。我得先给自己找一个窥视孔。"

稻草人托马斯没找到窥视孔。它也不需要窥视孔了。

因为当它还在寻找窥视孔的时候,云渐渐散开了。

它们朝四面八方散去,消失了。这时稻草人托马斯发现,它又一次搞错了。

这些该死的云彩——它们只不过是雾罢了,通常飘在地面上的那种雾!当一团团白色的烟云消失以后,稻草人托马斯依旧矗立在它原来的地方:那块菜地上。

"唉,我还是那个绑在十字骨架上的稻草人,"稻草人托马斯心里想,"伤心有什么用?什么用也没有!"

下午,农夫托比亚斯带着古斯塔夫来到田间小路上,稻草人托马斯听见他说:

"我觉得收菜的时候到了。今天是星期二,星期四我们开始收割!"

最后的故事

星期四早晨他们来了：农夫托比亚斯和古斯塔夫，农夫托比亚斯的妻子，弗兰齐丝卡姑妈和邻居雷奈的家人。

农夫托比亚斯停好拖拉机。古斯塔夫爬到拖车上，把他们带来的筐搬下车。他还扔下来几捆草。妇女们把草拽到旁边并把它们一捆一捆地打开。

"他们打算干什么？"稻草人托马斯想，"他们把草摊在地上，好像想弄一个睡觉的地方。给谁呢？"

马上它就知道了。

这个草垫子是他们放菜头用的。农夫托比亚斯的妻子、弗兰齐丝卡姑妈和雷奈的家人把菜头从菜茎上切下来，扔在背后的筐里。农夫托比亚斯和古斯塔夫把装满菜头的筐拖到菜地边上，再把它们倒在草垫子上。

进行得真快！

妇女们用左手抓住菜头,轻轻地往旁边一掰——咔嚓一声!

"疼不疼啊?"稻草人托马斯自问道,"反正她们的刀子很锋利——一下就切完了。但是尽管如此……"

男人们几乎来不及用筐运菜了。菜堆越来越高,到了中午菜地已经空了一半。

于是大家停下来歇口气,就着壶喝咖啡,吃面包。很快他们又继续干活了。

"今天他们能把地里的菜全都收完!"稻草人托马斯心里想,"所有的菜头都弄走了,那我将会怎么样呢?"

下午,西蒙和乌泽尔也来到菜地帮助大人们干活儿。另外,他们来也是为了稻草人托马斯。

"我们拿它怎么办呢?"西蒙问。

"我们把它带回家去,把它插在仓库上边!"乌泽尔大声说。

"现在空菜地用不着它了。"

"我有好主意!"古斯塔夫说。

"什么好主意?"乌泽尔问。

"我们得先把活儿干完,孩子们。晚上,等我们把

卷心菜堆好了,你们再知道也不晚。"

"可我现在就想知道!"稻草人托马斯想,"古斯塔夫打我的主意肯定有什么特别的地方……"

它几乎等不到晚上了。

男人们终于把最后一筐菜倒在了菜堆上,稻草人托马斯想:

"现在我马上就会知道他们打算拿我怎么办了!"

是的,现在它知道了。

但是它不能理解。古斯塔夫说的话是认真的吗?

"我们把它烧掉!"古斯塔夫说。

孩子们呢?

他们高兴极了!

"我们把它烧掉!"他们大声喊着,"对,我们把它烧掉!"

"不!"稻草人托马斯心里想,"这不可能是真的!人家在这片菜地里站了整整一夏天,给你们站岗——难道这就是为此得到的报酬吗?凭什么这样对待我?"

甚至连西蒙和乌泽尔都不可怜它。他们飞快地朝车子跑去,去取干草。

古斯塔夫拖来一捆草,农夫托比亚斯也搬来一捆。

"够了,"古斯塔夫说,"一层一层地码得松松的。——对,这样就对了。"

然后他划着了一根火柴。

稻草人托马斯听见噼里啪啦的响声。身上的草突然被点着了,现在它燃烧起来了。稻草人托马斯火光熊熊地燃烧着。

孩子们围着它欢呼雀跃。

它还剩下什么了?——剩下的是烟雾和一小撮灰烬。风把灰烬吹散了。

但是烟雾飘到了空中。这是稻草人托马斯变成的烟。它跟云一起飘到了天外——跟稻草人托马斯的愿望一模一样。

也许它现在正飘荡在森林的上方,那里居住着熊。也许它飘荡在七大洋之一的上方。这谁知道呢?你设想一下：恰巧它飘到了你家房子的上方，这完全有可能！

你要是看见了它，请向它问好。

也替我问候它。